影里

えいり

〔日〕沼田真佑 —— 著
ぬまたしんすけ

赵明哲 —— 译

EIRI by NUMATA Shinsuke
Copyright © 2017 NUMATA Shinsuke
All rights reserved.
Original Japanese edition published by Bungeishunju Ltd., in 2017.
Chinese (in simplified character only) translation rights in PRC reserved by
People's Literature Publishing House, under the license granted by
NUMATA Shinsuke, Japan arranged with
Bungeishunju Ltd., Japan through
East West Culture & Media Co., Ltd., Japan .

图书在版编目（CIP）数据

影里／（日）沼田真佑著；赵明哲译．－－北京：
人民文学出版社，2025． －－ ISBN 978-7-02-019162-8

Ⅰ．I313.45

中国国家版本馆 CIP 数据核字第 2025S14L99 号

责任编辑	陈　旻
装帧设计	刘　远
责任印制	王重艺

出版发行	人民文学出版社
社　　址	北京市朝内大街166号
邮政编码	100705
印　　刷	北京盛通印刷股份有限公司
经　　销	全国新华书店等
字　　数	36千字
开　　本	787毫米×1092毫米　1/32
印　　张	3.375　插页1
印　　数	1—6000
版　　次	2025年4月北京第1版
印　　次	2025年4月第1次印刷
书　　号	978-7-02-019162-8
定　　价	36.00元

如有印装质量问题，请与本社图书销售中心调换。电话：010-65233595

影里　*1*

废屋眺望　*71*

"浓""淡"之间的人生图景　石一枫　*101*

1

沿河小路夏草茂盛，每迈出一步草尖便反弹回来。远隔对岸也能看清大小的蜘蛛丝网，在高茂的花草中闪闪发光。

行走片刻眼前出现一条路。路边林子的深处，能看到白栎泛灰的纹理。

的确是白栎树，但倒在河流对岸一带树林的土路上。坏就坏在是棵相当大的树木，不跨过去就没法到达目的地。

最近我每有闲暇便出发到生出川钓鱼。虽然昨天是周六，突有工作急事，大半个上午都在市区医院的办公室里一直谈药品生意。下午则是在电影院路上闲逛，在车站前的荞麦面屋吃完汤面，下午就草草过去了。回到家天空无数卷毛云渐紫，已然夕阳西下景。等到下午五点报时时分，我已经站在河边的草丛，从鱼饵箱里挑出稍大的虫茧撕碎。

夏天来了，我再次感慨岩手真是片草木丰盛的土地。当然在移居之前我就有所预感。当我用网络卫星图像俯瞰岩手甚至东北地区全部土地，可以发现满布绿色。仅凭这一点就能马上明白。总之山川众多，且森林密布。到处都有生灵栖息。

沿着河边、山谷的林间漫步垂钓。钓鱼本身确实会感到疲劳。但稍稍移开视线，可以看到对岸胡桃木树梢上蔚蓝色的小鸟。树木下草间山蛇看上去阴险奸诈，抬起滑溜溜的头从水边爬出。目睹这一幕，我感到身处一种氛围之中。仰头望天，正好与沿河往返飞行后静立在电信天线上的猛禽视线相对。

但是那天不知为何，太阳光线比往常更加强烈。

上午气温也上升许多。北纬三十九度的这片土地到底是八月，天气十分炎热。但那天的暑热却是特殊的。跟在我身后半步的朋友日浅不时重复说着来到个好地方，时不时地停下脚步。

手伸向后面将水壶递给他，他仰起脖子如品美酒般喝下。惺忪的睡眼眯成一条缝，日浅用手背擦嘴，指尖抹去眉间的汗水甩向一旁。昨晚喝的酒仍残留在皮肤之下，脖子如同擦好的枪身般油光尽现。

河流缓缓地弯曲，泥土岸堤两侧浸透在杉树、桧木深蓝的树影之下。来到一处终日不见阳光如同庭院一隅的地方。花草树木比起之前的稍小，显得更加孱弱。叶尖通透，仿佛对经年累月努力远离紫外线的报偿一般，通体缠绕鲜绿的光泽，自给自足。我正思忖是否快要到达能够看到垂钓目的地处注入的河水泛起白泡的地方时，眼前正好被倒下的树木挡住去路。

"是白栎，今野。白栎。"

日浅像个孩子在上学路上发现鸽子尸体似的大叫。白栎是一种叶子有特点的树木，因此我也马上认出来了。可是周围更弱小的大树一棵也没有倒。竟然单单这棵大树倒下，我也不明白其中的原委。我频繁造访此河，事实上昨天才刚来过。可最近一直在上流地区活动，多是向上游行走垂钓。想来走到这片流域来也是十多天前的事了。

"盂兰盆节后，好像有天大塌方。"

"是吗？印象里是有。"

我抱着无所谓的态度，敷衍回答后，日浅愤然向我指出深深凹陷的土壤，强调这是土塌方。

"想不到支流这里这么脆弱，地基。"

说完日浅跨骑上倒下的树，用我的钓鱼马甲上的卷尺卷起树干。粗看下来超过九十厘米。

"真是，厉害。"

日浅原本半发呆似的皱眉冷冷地嘀咕着什么，突然沉默不语。他抚摸开裂、容易剥落的树皮，从上到下依次用耳朵凑近树干。他毫不疲累地沉迷此番过程之中。留下闲暇的我使用手机相机拍摄下如同树医的朋友。之后看这张相片，他反倒不像医生，而是确认捕获到猎物气息的猎人。

日浅这个人向来面对某种巨大的崩溃特别容易脆弱动摇，不管面对什么样的事。前年十月的事，我从总公司外调到现在的公司，应该是第一个周末。全课一同举行晚宴，席间谈起当时头条新闻上破产的美国大型投资银行，日浅对此有种奇怪的悲哀感。打那之后再见到日浅是当年岁末，他非常慌张，手足无措。公司是做医疗药品生意，那年冬天流感横行，工作也十分繁忙。一天下午晚些时分，繁杂的工作即将结束，我准备将做好的订单交到物流部门时，在连廊上碰到日浅。连廊上有自动贩卖机和简易椅子，兼作职员休息的宽敞空间。窗边的日浅用一只脚钩来椅子,自己不坐,将一罐咖啡放在椅子上。如同绘画中的人物丝毫不动,只是漠然地仿佛正在品味落日的余兴。这是他当时给我留下的印象。

当时我说了些什么?不用说第一次交谈的内容,就连交谈过的印象也早都抛诸脑后了。但的确是从那天起我们见面就会聊上两句。事实上,新年后就在一月,日浅唐突地出现在我位于盛冈郊外的公寓门外,提着一升装的日本酒。去年一整年我们经常一起外出游玩,一起钓鱼一起采野菜,甚至开车到夏油去看黄叶。我们都喜爱日本酒,冰镇之后再喝。可能也因为酒量都差不多,两人十分聊得来。

可在我们如此亲密的交往过程中,日浅容易陶醉于某种巨大崩溃的倾向没有减弱的迹象。日常生活中可见的诸多形式的丧失,日浅轻易地接受并一一发出感慨。那仅限于某种大事,这一点不知为何让我感到愉快。发生一起火灾，哪怕烧掉一栋两栋住宅楼程度的火灾，他冷淡，对此毫不关心。但如果是起火面积数百亩的大规模森林火灾，他反而会有很大的反应。火灾之后他会驱车前往去看烧毁的遗迹。他这个人不能对事物发生共情，而是感慨万千。我暗地里觉得他这种性格有趣。

终于抵达了垂钓的目的地，日浅小心注意使得鱼竿前端不碰到杉树穗。即便有这些事做，可日浅仿佛内心仍然空空如也。坐视不管的话，他会一直沉湎于追忆白栎啊、橡树、白柳这些爱慕的倒树，钓鱼就钓不成了。而且那天自己主要也不是来钓鱼，但站在河边之后却来了钓鱼的兴致。罢了罢了，返回时再尽情骑树吧，我拍拍他背后。日浅看了看擦去鼻子上油光的手指，好歹急忙转过头，背上鱼竿。到底是老手，他一次性往鱼钩穿上三块鲑鱼子，鱼子完好无损。然后斜立鱼竿，只动手腕轻轻摇晃。钓线是尼龙制的，像秋千一样凭自重掠过河面，正确地落在远处对岸的水中。鲑鱼子的红色在冷冷的河水中有点泛白，眼看着消失到水底。

二月一个早上，雪还很深。这里二月天气还处在严寒之中，道路终日冻结。因为没赶上班次不多的通勤巴士，那天我开车上班。驾驶用的短靴鞋底很薄，踩油门、刹车正好，但完全不适合步行。因此下车了就很滑。从停车场到员工入口一段路，我为了不滑倒脚趾用力抓地，后边来的两个同事追上我。那时我从年嵩的嘴里知道了日浅突然辞职。

当然，我有点吃惊。但我实在想象不出今后四五十岁的日浅在仓库里工作的情景。物流课里除了课长以及之下的两名职员，其余没有一个是正式员工，事务课的职员与此完全相反，从高中刚毕业的十八岁年轻人到人过六十的资深员工，年龄层范围广，在物流课基本无法升职。我也并不是觉得只有日浅才能忍耐这样恶劣的待遇。但日浅在我眼中好像生错了时代。我经常瞎想他应该生于江户时代中期。海上泛舟，丈量海岸线，驯养老鹰、乌鸦，为村里传递消息等，自顾自地做着某种有点奇怪的工作。

像季节变换冬鸟北飞一样，心情更接近于为他鼓劲加油。但我注意到丧失了和他的联络方式心里不免低沉。再也不可能经常在公司碰面约好钓鱼或喝酒了。日浅没有自己的手机。他用公司配备的小灵通作为私人电话使用。离职时肯定需要还回公司，已经联系不上日浅了。打过去会有其他的什么人接听。

我感到有点无聊。二月过后，三月河流垂钓解禁，可也没人与我同行。山间道路雪还很深，单独开车前往很危险，气温还很低，结果没能成行就到了四月。四月也过去了五天，下雪的天数减少，空气开始暖和。长时间单调统一的景色开始填上水仙、连翘的黄色。等待早班巴士，望天高听云雀鸣。想钓鱼想得要命，我惊讶这种不可理喻的单纯欲望能使自己心绪纷乱。

以前经常找到日浅，在公司里这儿那儿兜兜转转。我不单单沉湎于追忆。我也在找一个日浅般的人，喜欢钓鱼，擅长驾驶，特别是山路，好相处，年纪又差不多，还能两人挑灯喝酒。简而言之是交朋友。

一天到晚在公司闲逛，简直是消极怠工，我受到上司半开玩笑的斥责。可是就像有人寻找未来的丈夫或妻子一样，在公司里交朋友又有何不妥，我不禁想到。一天午休时间，我在药品仓库搬运口碰到临时工西山，当听到她说你又来了时我到底还是心神不安。

"课长，不在啦。辞职啦。"

下午的配送快要开始，塑料箱子堆积如山。虽然在阴影下看不清楚对方的表情，但似乎也不是在笑。日浅过去得空经常在这儿帮忙进行检查工作。他手脚麻利地叠起使用完的箱子。仓库的女性员工亲昵地叫他"箱子课长"。

"你们俩关系好啊。现在很寂寞吧。"

"倒也没，想要振奋自己就过来了。"

我一边做出在胳膊上注射的姿势一边笑了。仓库有个小房间，如同火药库一般，专门保管吗啡、可待因等烈性药品。

"可说实在的，看你脸色，是不是有戒断症状。"

旁边正狼吞虎咽吃着便当的配送司机小关把筷子当作钓竿做出一个甩饵的动作。

不曾经历过幻觉，但我经常梦到网中鱼儿的鳞片闪闪发光、水面中倒映的飞鸟的影子。洗完衣服后，明明关上水了耳边却还传来水声阵阵。接着山谷中涓涓细流在我脑中回想起来。这说不定是灵魂出窍。

四月末我参加了一个垂钓活动。本地的渔具店主办，兼有宣传销售目的的钓鱼讲座。三名年长的常客，大学生二人组，四十岁左右的男人带着儿子，一共九人一起坐上店铺的旅行车。十点前到达猿石川。上午我钓到四条山女鳟。午餐是做向导的店员烤的钓到的鱼，做了笋菜饭。下午用附近的泉水泡了咖啡。下午三点收竿，坐上车身印有店铺标志的旅行车返回市区，大家在各个点下车了。

下午有人钓到大鱼。鱼唇如红鲑似的弯曲，超过正常尺寸的雄鱼。我自己钓到十条，不赖的成果。在空气澄明的河原上享用了美味的午餐，天气也舒适晴朗适合垂钓。即便如此我还不满足。比起初钓带来的喜悦，反而失落的心情占比更大，懊恼自己没能和同行的人满足地聊聊天。

日浅的家乡是与盛冈市相邻的瀑泽村。他很小没了母亲，和父亲一起生活。到东京上大学，毕业后回到家乡。据他本人说打那时起没了东北口音。但是说话间仍不时夹杂一星半点口音。可让我说日浅不是语言上而是自我意识和当地人不同。我自己虽然没有在东京生活过，但从小在首都近郊长大，不觉间接触浸染了都市气息。因此我明白他身上有那种感觉。自己的身体和土地的气息互不相容。虚弱的无根性带来的根本性弱势感，这样断言有点过头了。自调到岩手工作以来，我没能和其他本地同事交好，整天和日浅混在一起。今天我发现了自己的弱点。有必要再从头开始努力融入这片土地。

发现属于自己的河流是在五月。河水离公寓骑自行车不到十分钟。我曾经看过博客，流入北上川的河流再小也能钓到山女鳟。此河岸高，河面宽不足七米。常有稻苗、菜屑顺流而下，似乎在这条河里取用农业用水。但有趣的是往深里下钩真有山女鳟咬钩。身长在十五厘米以下的比较多，但也能钓到超过二十五厘米的大鱼。网上确认了，河流叫生出川。在地图上看，从源头到汇入北上川的长度按直线算距离短，还不到三公里。不仅如此而且水温稳定，如果无视禁渔规定的话一整年都能钓个够。

之后我有空就到这条河来。经过公所，跨过鹤饲桥眼前是 S 中学正门。穿过信号灯在田野间闪烁的火车道口，离开老旧的民房群，不一会到达寺庙前。从那儿起稍稍有角度的斜坡接连起伏，途中有一条往左的道路，远远地也能看到前面有座小桥。沿着河边步行片刻，有一个小瀑布似的溪流。那里水足够深。大鱼基本上都是在这里钓到的。

钓上的大鱼重重地在地上扑腾。鱼身的黏液粘在周围绿草上，像香蕉一样弯曲身体飞向空中。鱼鳞如同五元硬币，经过林间透入的阳光反射，在河面上闪现一瞬金色，随后头先着地落下。

"又是雅罗鱼。没完没了啦。"

徒手抓起鱼扔进河里,日浅将完全黏糊糊的手伸进身边的水里洗手。

"雅罗鱼的乐园啊,这条河。"

开始钓才半小时,已经钓到十一条雅罗鱼了。日浅对于放生不是很在意,平常把钓到的猎物收入囊中,抑或当场用小刀切开,用款冬叶什么的包起来。但那是仅限于山女鳟、白点鲑才有的待遇。其他的鱼取下钩子草草丢入河里。我和日浅一样,雅罗鱼的排名很低。和野生鲤鱼相似,事实上这种鱼本性贪婪却没有力量,钓起来没意思。首先面相不佳,是鱼却长着马面长脸,吃起来味道也差点劲。专门钓山女鳟的人轻蔑地称其为"盗饵的"。

"快点往下流去吧,去吧。"刚才那条雅罗鱼明明回到河里却还磨磨蹭蹭靠在岸边不走,我不禁上来火气。

"这家伙,有四十了吧。"

"走吧。我带你去昨天我钓上大鱼的地方。说不定还有呢。"

"不用啦。我正钓得起劲呢。"

"老顽童专门钓杂鱼么？"

"是啊，钓杂鱼。也不累。"

日浅突然再次甩竿。鱼饵从第三钓开始不用鲑鱼子了。用手边草叶间、花蕊里找到的甲虫替代。

不一会有了反应。我也看到钓竿前端大幅摆动，可是钓线没往上游跑。水下像有小动物乱动似的，从线上笨拙的活动看来不是山女鳟。典型的雅罗鱼上钩。

"这家伙，线要断啦。"

日浅夸张地大叫左右摆竿。但是我用的线是这条河专用一点零号，也和钩子直接连接的。只要不是怪物不会崩断。崩掉好了，我想，放弃准备好的渔网，看着河面沉默不语。

"第十二条！"

空中翻转的鱼儿身上泛着白光，一瞬间期待那会不会是山女鳟，但当鱼如同连根拔起似的钓起到草丛上时，吧嗒吧嗒抖动的身躯毫无疑问是雅罗鱼。通体黑油油的，是条周正的大鱼。乳白色的鱼腹十分惹眼，周身点缀着繁殖期显现的条线。身长五十二厘米，更新了自己钓雅罗鱼的纪录，日浅举起手臂扬扬得意。

"恭喜啊。"

"真想做个鱼拓。"

日浅收起卷尺，一屁股坐到草上，在膝盖上支起手臂。雅罗鱼躺在他两腿中间怨恨似的喘息，鳃间流出血直到鱼尾。日浅挽起袖口，擦干净汗水。此时他身上已经没有了酒精的气味。点上烟慢慢品味。此番场景让我想起过去美国渔民捕获大马林鱼点起烟卷，有一点时代错位的充实。他骄傲的神态好像在说捕获一打大雅罗鱼的荣誉抵得过一条旗鱼。

"真不错。我下次还要自己来。"

"我想让你承认这是山女鳟的乐园。"

"不,我只是单纯渴望钓鱼。最近事事不顺,有趣吧?非同一般大的雅罗鱼,非同一般大的白栎。这是条简单、美好的河流。"

他这么说,我作为向导的满足和事实上颜面尽失的心情复杂交织,我低头看着日浅头上的旋儿和两腿间的雅罗鱼。我曾品味过类似的无力感。某天收到递出的名片,一边确认着名片上的文字一边看着对方的脸,不一会进入恍惚的状态。

"不了,酒就算了。还在上班。"日浅盯着打开一半的罐装啤酒,依依不舍地说,"偶然间路过这边,就过来打个招呼。"

名片上印着"株式会社爱心葬礼顾问　日浅典博"。我问工作了?他答刚工作两个月。听到日子我也吃了一惊。那意味着辞职后不到两天日浅就找到新工作了。

桌上摆放的小册子上列着条目"本互助会五个活动"。主要业务是募集会员,即上门营销,日浅解释道。装得满满的公文包压在花草席一角好不容易保持了平衡。里面装着复印的地图,不像看上去那么沉。

"你看,这个。"他有点难为情,从公文包外面的兜里掏出叠成一叠的厚纸。展成对开递给我,我打开一看,是一张奖状,上面写着"岩手支部五月MVP 日浅典博"。五月签下三十七份合约,获得岩手县最佳成绩。

"岩手第一啊。"我好不容易找到话,"一天能签好几家啊。"

"签不到的家伙十天里一个也签不到。"日浅心情大好。

"吃闭门羹常有的事。一开始相当失落,习惯了就没什么了。"

"每个月付两千也能举办仪式吗? 不是很大的场

面吧。"

我又看了一次小册子。新郎新娘在石灰岩教堂前幸福地笑着,曝光过度的照片手部阴影处花了。

"结婚也是的,可担心葬礼的独居老人还很多,站都站不起来了。对自己身后事感到不安,趁还活着为什么不先考虑考虑呢。"

"轮到你们的营销部队上场了。"

"只需要在申请书上签名盖章,先付一部分钱。接下来每月付钱就搞定了。"

"原来如此。很简单。"

"前段时间我去了箱清水那边,遇到一个不好对付的老大爷,住的房子很破很破。结果拿下一单,告别时他还一个劲地鞠躬感谢我。后来还写感谢信寄到公司。卖东西却还能收到这样的感谢。"

日浅穿西装打领带的样子很新鲜。他以前夏天穿绿色 polo 衫,冬天穿厚实的工作衬衫。老式的涡纹领结有点好玩,但满头发蜡如同鸡冠一样,我却笑不出来。曾经的日浅豪言已经十年多没去过理发店了,头发这种东西本来就是自己剪的。如今他身上那种自由自在的风貌已经无影无踪了。

我把日浅送到公寓前的路边。六月黄昏,蛙声一片。平常田野里的叫声更吵,但那晚很奇怪,路边的每棵树都传来声音。我想那应该是雨蛙。

我看了手表。时隔四个月的相逢差不多二十分钟结束了。同伴的两厢车终于来了,我们相互轻轻挥手告别。

我看着远去的尾灯想起第一次和日浅对饮那天的事。明明叫他住下,还是叫了代驾,但没来。打了电话,等待代驾过来。不知怎么聊到了自己感到自豪的事,日浅说上大学时参加研讨小组活动,很早地采访过中南半岛难民。好不容易等到代驾来了,"呀,我啊,"日浅言之凿凿地说,"我自豪自己没有能自豪的事。"

抽出门上信箱里的纸头，是家庭高压清洗机的宣传彩页。伸手开门时，发现脚下有几只抽完的烟蒂。高卢烟的过滤嘴。很少有店铺卖这种法国烟，日浅每次见到都要买几盒。他也不是那么忙嘛，我想道。我把彩页折三折当作簸箕，收拾好烟蒂，丢到入口角落楼宇专用的垃圾箱里。

2

湿冷的野风吹过河面直击折椅。桌子上摆着登山用的金属盘碗轻轻嘎嗒嘎嗒响。九月过了一半，河原秋色渐深，夕阳西下时相当寒冷。虫鸣、蜻蛉乱舞也不见踪影，对岸的铁路上时不时有货运列车轰隆轰隆经过，充满了生命的脉动。

酒和小菜是经过商店时买的。进口食品比想的便宜，种类也丰富，但挑了樱桃酒和瓶装腌黄瓜装到篮子,结账后出了店门。店里的音乐换成明快的萨尔萨音乐,客人、店员无人出声,压抑得让人无法待下去。

心情些许不安,如同雨天去游乐园似的,我到达河边时刚过六点。车子停在一片平整的地面,那是盛夏井上喜久雄用铁锹平整出来的。蓝色的铃木车还没到。隔开田地和河边的草丛处有日浅说的小屋。没有窗户没有地面。小屋三面用软木板围起上盖铁皮,不到十平方米。作为储放物品的地方,主人有时在里面眯一会,我朝里望望,没有人。

我提前一点来到这儿,趁黄昏入夜前把简单的先准备好。但等我摆好折叠桌椅、煤油灯、餐具后,没有什么可以做的了。我想起小屋有烟,回到小屋。从墙上木钉挂着的红色渔网里摸出一包开封的万宝路香烟,拿出两支烟。日浅之前在电话里提醒我虽然可以随便抽,但不要整盒拿走。今年四月,井上迎来古稀之年,决定戒烟,但他的小儿子不知道,回来探亲时带了三条香烟，不知该如何处置就散给客人。

日浅入职株式会社爱心之后，结束研修开始独自在岩手市内开展销售，那时结识了井上，是日浅第一位靠自己签下的客人。之后路过他家附近时，时不常见个面，两个人谈天说地渐渐稔熟。日浅经常收到井上庭院里种植的大蒜，请吃晚饭也不止一次两次。

那天从早晨开始久违的来访接二连三。正式决定我调到岩手的两年前，与副岛和哉结束颇为窘迫的对话之后再无音信。当我系好皮带，整理好领带时，响起收到他的电子邮件的提示音。他现在出差在仙台，想到了就联系一下。明天早上就坐新干线返回。果然如和哉简洁明了的文风，句子看上去没有感情、硬邦邦的，也没有说要见面的事。即便再花一小时北上即是盛冈。再来东北时联系我，我可以给你做向导，我先回信给他。我用手机回复，同时来了新邮件。离开公寓到车站，坐的公交来了，好不容易按照往常的习惯坐到了右前方的位置，这才看到是妹妹发来的邮件。时隔半年，不，有一年多了吧。说是正在考虑明年早的话六月就要和交往的人举行结婚仪式。之前两家可能碰面，到时拜托参加。确定好日子再联系，我简单地回复。

我和妹妹差四岁，她今年二十七岁。我想起来同和哉分手时正是这个岁数。如果那时和哉也像妹妹一样给他自己的家人发了这样的信息会怎么样呢。我们两人说不定结婚了。和哉也有个哥哥。但似乎和包括哥哥在内的家人相当疏远。或者不如说是双方有种断绝来往的感觉。我也没有见过和哉的亲属，即便如此也交往了两年。当时我工作上遭遇巨大的麻烦，两年间如鲠在喉地烦闷。

得知自己要调到岩手时，心情不免轻松起来。拿到闪闪发光的调令，如同通往富有魅力新生的签证。一想到将安身北国，不免为新天地的生活所吸引。其余的所有东西都像集中处理的旧杂志一样消失了。不单是迄今为止建立的人际关系、住腻的那个首都郊外平淡无奇的街道，其中还包括和哉。

上午的时间我对自己过去乐观的一面感到厌恶。那天也是晴朗舒适的一天。洗手间镜子里的我和两年前没有多大差别，身着蓝色Y版西装，戴着塑料框架的和风眼镜。心情、脸颊似乎圆润了些。回到桌前没有什么紧要的事，想来只有未处理的投诉和与此相关的意见书。面对屏幕在书面的数字和文件中的文档中来回切换，鼠标旁的手机亮了。是日浅打来的。响了几下断了，但几分钟后又开始一闪一闪的。接通第一句是"快来钓鲇鱼"。幸亏闯进吸烟室里没有其他人，能够仔细询问个清楚。今晚七点，地点在鹭泽公交站附近的北上河畔。路口左转是去年因水灾临时造的桥。桥的上游一边有一条坡度很大的通往农田的土路，从那儿走能到河原。田地旁只有小屋，旁边的土地整修好也能停车。我也听闻了他如何同土地的主人熟络起来的经过。河的右岸也有相似的小屋容易搞混，要注意是左岸的小屋，日浅特别强调。

"盐烤鲇鱼。还是喝点吧？"我问。

"烧上柴火喝个通宵。困了借你睡袋。我可以在车上睡。明天休息吧，公司。"

烟酒、吃的都不需要，只身前来就好。这样我觉得不太放心，我可以准备折叠桌椅，电话那头说对啊，能用得上。

莫名地兴奋起来，我开着车感觉。按时离开公司，在繁忙的同事眼前多少心生胆怯。但上个月连续加班加个不停，我自说自话。日浅说来道谢，当然也不至于特别做什么。但是哪怕有些勉强，也有必要前往河原。

八月末日浅再次突然现身。和十天前打来电话时一样，九点左右来了。我一边想象着喝个整晚，第二天跨过白桥钓雅罗鱼,一边在地上摆放垫子,这时日浅从沙发上站起身。

"对不起啊,今野。"灯光只照亮了他的额头,看不清眼神。"能加入互助会吗? 还差一个。"

这时日浅很快地解释说有六十组签约指标,现在还未完成。这个月到今天还差一个,今天签不下的话就要被解雇了。

"到六月签了五十个,大意了,夏天空空如也。今天拜托同事前女友之类的,下午忙活了好一阵,已经没办法了。现在只能靠今野你了。"

我一边按照指示在三张文件上写下必须事项,一边说。

"打那以来我一直在想。其实每月两千的场地更有魅力。"

头脑里浮现出白色的阳台上并排站着的两个模特。记忆里只有新娘绽放的笑容,新郎的脸怎么都想不起来。

"而且已经老大不小了。结婚还没个着落。"说完，那个新娘的笑容一瞬间同妹妹、和哉的脸重合了。

"不会让你吃亏的。"

日浅马上要回办公室整理好文件，我送他到玄关门前。

"我先跟那帮婚礼策划的人打好招呼，今野秋一的仪式不能偷工减料。"

像是怕目睹这一幕的我感到厌烦似的，日浅笨拙地用着鞋拔子。真的不需要这样，我想。和以前一样踩着鞋跟穿就好了。

我对着背影说声再见。这家伙十天前怕是没能说出口，想到自己空手而归不免懊恼。成了正式员工我请你吃烤肉，日浅说完关上门。一会公寓前的路上传来习惯的铃木摩托车厚重的发动机音，紧接着油门的震动轻轻从脚下传来。

回到家里把毯子丢到沙发上，把装着腌黄瓜和樱桃酒的袋子挂在水龙头上。打开电视，上面放映着介绍回忆颇深的歌曲节目，年老的女演员一起唱着歌缅怀经历年轻的昭和时代。称作深夜还为时尚早。用马克杯从制冰机里接冰块直到杯沿。波本威士忌不用玻璃杯这么喝已经成了数年来的习惯。

打开手边的手机。再次阅读了早上和哉和妹妹的来信，再重新阅读自己的回复。两个人都没有再来信。日浅也没有来信。

一开始都很莫名的紧张着。当看到野营灯照亮的折叠桌椅时，日浅歪嘴嘲笑到怎么像在玩过家家。我焦躁地来回转头，这是我不快的时候总会表现的怪癖。"今天不能这么冷啊。"我养成了种种怪习惯，如在膝盖上铺上毯子，穿着白色的背心，戴上颈套。再戴上绒线帽子像个奶瓶那么臃肿，他拿我开玩笑。我打断说差不多到此为止。对我服装的批判告一段落，接下来针对停车位置。日浅重复来重复去，果然高声叫起。后轮越线进入农田，叫我赶快挪开。

但是钓鱼本身可以称得上爽快。季末真的是最后时刻，成果虽然不是那么好，但在黑暗中甩出十米竿，充满魄力的声音划破冷峻的夜风。一次三条大鱼咬钩在夜幕下也能看清鱼竿的弯曲程度。使用七个锚形鱼钩，等距离长线放入河底，将游过的鱼引入。十分粗暴的钓法。

将钓到的猎物装进脚边的网中。取下钩在鳃软骨中的鱼钩野营灯起了大作用。"数量还行。大小小了。"日浅看着网中的猎物评论说。除了鲇鱼还有几条雅罗鱼，也有山女鳟、河岩鱼混在其中。我垂钓期间日浅去准备点上篝火。他做了示范钓上几条给我看之后把鱼竿交给我，去河边垒起石头，估计当作炉子。火已经燃烧起来。没有声响但火焰颜色看起来正正好，在石炉中上下摇曳。正看得入迷,河里有木头顺流而下。像极了夏天到秋天出差在海边休息时女同事捡到浪打上来的流木。

"火焰像水晶一样。"

我说完,两把椅子同时吱吱作响。在桌上支起手肘,日浅呼应一般也把手放上桌。

"柴火用的是最好的流木。"

一说道这类话题,日浅忽然大增魅力。每块流木的燃烧速度不同。关键是否干燥到好处,但不点火没人能知道。日浅说这本想点起一块圆木云云,看着他不停地说着。我的心情也大为放宽。但是那天晚上日浅看上去愁云惨淡,整体上显得有攻击性。赞美着流木,拿出两三个大加比较。对我也是大加讽刺。因此当拣出网中鲇鱼,尤其是雌鲇鱼穿起来 —— 这个时期鲇鱼吃的就是鱼卵 —— 插在炉边盐烤时,我拒绝了他的劝酒。

"喂，你不是来真的吧。"日浅不掩困惑地嘟囔，然后低语，"是田酒啊。"说着从脚边公文包里拿出绿色的四合瓶放在桌上。第一眼看到的酒标在灯下阴影处，从我所在的位置只能看到一个"田"字。

"不醉不归啊。怪人变狂人是不？"日浅再次举起纸杯。举到眼睛处，隔着边沿盯着我。

"还是算了。算了。"放下酒，转而拿起金属杯。里面还剩大约三分之一的咖啡已经完全冷了，香气也什么都不剩。

"必须要回去。明天还要上班。"

说着沉默下来，我感觉他看破我的谎言。闻见烤鲇鱼的香味。日浅骂道亏你说得出口，仍拿着杯子。我拿起自己的咖啡杯强行跟没动过的纸杯碰杯，糊弄过去。

"别担心啊。四合，一下就没了。"

说着日浅站起身朝车走去。他是从公司直接赶来的，穿着黑西装、黑皮鞋，在夜色中格外黑，仿佛行走的影子。

列车在对岸的铁路上奔驰。两节车厢构成，不是运货列车。不如跳上那辆列车在某个小车站附近寻个小酒馆一醉方休。

日浅脚踢着河原的乱石返回篝火旁。两手各提着装有一升日本酒的纸袋，都是普通酒。我看着本来就不安稳的桌上放置的两瓶酒，心中有些许动摇。但我还是强调要回去，几乎在意气用事。

鲇鱼烤好，我机械地将一串串摆上盘。最后还吃了四条。不愉快的气氛一直在吃饭中持续。日浅只吃了最先烤好的一条鱼的鱼腹，咕哝了一句都没子啊，把鱼放下独饮起来。流木渐渐烧完，接着日浅开始加入普通的柴火，这时桥上滑来一辆小货车。没有减速开过篝火，停在了铃木 JIMNY 和丰田 Vitz 之间。

"嗨。"一位年长的男人下车，举手打招呼。

"是井上啊。"日浅像自言自语一般嘟囔了一句。

"好啊,你们。整得差不多了吧。"能从身穿运动服套装下看出他小个子但身体结实。

"才不过九点。"

井上比画着举盅的动作豁达地笑了,走近篝火。

"醉了?"

"还没。都没醉。"

日浅开始和老人攀谈起来,同时酒也开始喝起来。他把椅子让给老人,在篝火前铺上外套席地而坐。借着火光从网笼中选出山女鳟,用小刀划开鱼穿起来。井上解释河里的鱼他只吃山女鳟。我也简单自我介绍,打开带来的腌黄瓜,用牙签穿上一块给老人。老人吃了一口,酸得脸皱到一块。

"什么呀?这欧美佬的玩意我不吃。"老人说。日浅打开老人带来的炸豆,倒到盘子上,"这个绝对好吃。"他大嚼着豆子盯着火苗点头。

夜深了。井上性格极其坦率。问了知道他是二户市人。我们喝的酒正是当地的美酒，他大口大口地干杯。曾经热衷猎鹿，对于岩手南部的山溪相当熟悉。他饶有兴趣地给我们讲述打猎的故事，如在松茸山的失败经验，以及近年三陆地区频发误入老虎夹的意外事故。但他口音很重，最终我只听懂了差不多一半。老人时不时要给我添酒，每次我坚决拒绝时，日浅总要大加嘲讽，重复说这家伙不行啊，酒量小啊等等。

淋浴后返回厨房，马克杯中的冰已融化了大半。心里涌上悔意，自己有点幼稚。加入冰块倒入威士忌，用筷子尾搅拌数次。开放式厨房的对面是代替餐桌的办公桌，再往里是起居室。窗边上的茉莉叶子在落地灯的光线下蒙上一层阴影。从别人那里要来已经五年多了，但花不曾开放过。地上铺着质量上乘的尼龙制仿羊毛地毯，是来岩手时买的。电视上播放着节目结尾的滚动字幕。盖毯卷成一卷放在沙发扶手上，光影之中能看到中型犬的睡姿。

　　喝完波本威士忌之后，我着手收拾。我使用钢丝球来回擦着怎么看都像外行人买齐的全登山金属碗盘。洗净擦干没有足够零花钱不会出手购买的GSI的渗滤式咖啡壶。把煤油灯和燃料收进玄关旁边的橱柜里。特别是享受着总公司待遇的调职员工，无论用卡还是别的什么都能毫不犹豫地支付，想必满足而又开心吧，我把小羊皮羽绒背心从衣柜靠外的位置移动到里面。

　　没有其他特别想做的事。可是待在弥漫着廉价的、看似优雅的起居室怎么都无法放松。对着卧室的桌子上外出时依旧开着电源的电脑敲邮件，本来计划写几行了事，但写了两三段，胡乱使用标点符号，最后空一行写完结语，算了一下字数，写了两千多字。出差中身心疲惫的状态下收到这么夸张的一封信，除了和哉任谁也受不了吧。我发现邮件开头两句明明很忙了却还来信，和我早上用手机回复他的没有多大差别。题目写着免复，心里也在意，只想着再怎么样都要给我回信。

敲完了邮件没有发送，删掉了。应用也关掉了。看了显示器上的时间，二十二点五十七分。也并非显得悲惨得夸张。连着充电线在通信录里查找副岛和哉。应该和过去认识的这个人那个人保存在未分组的一栏里。

"吓死了，这么突然。"和记忆里的容貌对不上，沉稳的女性声音。"什么事基本上都是突然的。"

我想起来，分开的那个夏天，和哉公开表达自己打算接受性别转换手术。

"莫名地感怀起来。没有什么大事。所以这通电话没有意义。"

"讨厌。"

对面似乎在喝着什么，听到许久以来轻松的女性声音，我感到心情舒畅。

"没有什么事就不能联系了么？我早上发的邮件，同样也没意义。"

"我随便说说不至于吧。收到你的来信，这么晚了还没完全消化完。最后拨通了电话。"

"我也是觉得应该会这样。"

自己昨晚到达仙台，在酒店附近吃了牛舌。但店里只有自己是独行客，没觉得味道有什么特别。白天和分公司营销员一起完成两场展示。下午营业报告会议的间隙，会计部长带着自己品尝了中华冷面。明天中午前返回东京，交了报告就能下班。只待一晚，本来能够当天来回，但还是需要买些特产。听说两个品牌的年糕卖得很好。可是要放进冰箱里保存，再怎么样撑到周一也有困难。保险起见应该会选曲奇饼干。

和哉食量很小，从他嘴里听到这么多食物的名字我很意外。我惊讶于他曾在都内的一家策划公司工作过，而不是电子元件生产商。我听到牙齿和物体碰触的声响，问了和哉。

"是的，喝酒。冰结。"他笑着回答。

"一个人喝酒呀。好么，我也是。"

"十分典型的场景，马上能描述出来。商务酒店里，坐在类似梳妆台的写字台配套的圆凳子上。刚刚淋浴完，现在赤脚踩在地毯上十分舒服。电视也毫无意义地开着。"

"明明很困了头发却还湿着。"

"无聊随便抓了些乳酪饼干。胃难受。啊，不好意思。"

和哉咳了一会。我一边问他没事吧，一边拔下充电插头走出卧室。拿起放在水池上的马克杯。威士忌掺进水。没回卧室就这么坐在沙发上。不需要额外的努力来让自己待在客厅里。

"费用的话今晚应该能够靠预算搞定，但昨天完全是方便自己。是我自己支付。"

"一早急急忙忙赶到品川，我可做不到。"

"是吧，到底是。我懂的。"

响着的音乐停下了。半夜里音量应该相对集中，是华丽的电影音乐。演奏结束，房间像要塌陷一般。天亮了我拉过毛毯。我既没有心情关掉静音的电视，也没有站起来切换CD唱片。下个月，移居岩手迎来第三个年头，是否已经到了某种界限。刚才同和哉通话中，我不小心说了些抱怨的话。我没有朋友，冬天心情也很差等等。和哉对我这些自言自语倒是很敏感。

"比这比那，比过头了吧。"还是老样子，质量上等有余味，让人觉得话里有话。"我啊，最近常常感觉到一个人在瞎忙活。"

"可是钓鱼什么的，还是很愉快的。"

"过了三年不是能回去？再忍耐一年。"

说起的这件事常常闪现在我脑海里。公司没有告知过我明确的任期。但是之前的前辈如出一辙，三年到了返回总公司。少数人也许因为意气相投而选择提交申请继续留下来工作或者换工作。

藤吉前辈也是其中一人。进公司两年时间里他在旁边指导我，不单单是指导，更是恩人。三十五六岁调动到长野松本市某关联企业，就此在当地扎根下来，现在夫妇一起经营一家打折商店。

我边盯着换气扇处消散的烟气边想自己不会那样的吧。喝完威士忌，单手随便冲洗马克杯。头一次注意到只有厨房用的是荧光灯。

能看到水槽旁的纸袋里的樱桃酒瓶口。拧开瓶盖立刻有了浓郁的樱桃香味。直接对口喝上一口尝尝味道，然后横着放进冰箱下层。日浅说这酒是次品，但我不能同意。我也感觉它只是口味不对鲇鱼鱼子。

3

"接下来的人"需要多些关照。雨天里在防水外罩上套上塑料放进门外的口袋里。大雪纷飞、强风四起之中按门铃叫本人出来双手奉上。

有关公寓公共事务的传阅板会放进入口处接收邮件的地方,这已经成了不成文的规定。一层和二层各八户。十六个小铁箱上下摆放各八个。传阅板上有几页文件,过目之后或者压根没读,继续塞进下一家的箱子里。

但是"接下来的人"不允许我那样做。每个月一次吧,有时两次,我从一层东南侧爬上二楼,到西北角的房子前转交传阅板。铃村女士超过八十岁,岁数相当于我祖母。房子的所有人应该是她姐姐或妹妹。我是在春天地区大扫除中听人家说的。

可是她初次来访的情况我还记得清清楚楚。"早上好。"打开门后听到对方如此低语,然后深深鞠躬。十一月的一个晚上发生的事。一瞬间让我感觉是在劝人信教。身穿到脚后跟长短的深蓝色连衣裙,外面罩着半围裙。戴着筒形帽,仿佛为了盖住稀薄的头发。她跟我说自己的房子在上面最外侧,下雨时会弄湿传阅文件,麻烦下次请放进门上的口袋。我听到后想糟了糟了,遇上个麻烦的老太太。

即便如此二层的房门口袋由于风的角度还是会飘进雨滴。某天下雨的早晨,我用心在外面套上了塑料袋,那天晚上来道谢了。用漂亮的普通话说道感谢关照。有一次省去这些工序直接塞进邮箱了事。当时正好接到了加班通知,我也有点失魂落魄。

"这搞得湿乎乎的,我怎么看啊。"

初夏浓云密布的一天,下午下了猛烈的雷阵雨。那天晚上老太婆手指捏着传阅板愤然现身,我毫无办法只得道歉。她怒气冲天，声音大得不像个老人。自那以来铃村成为我特别警戒的人物，心里不再称呼她的名字而称作"接下来的人"。

关掉引擎，无意中从后视镜看到那个"接下来的人"铃村正在往邮箱里一张一张投放着什么。我看她完成后再下车，从邮箱里取出纸回到家里。点上烟，在荧光灯下读起来。看了一眼一下扫兴了。是从报纸读者栏剪下的报道复印件。投稿者是 N—— 小学六年级，高桥爱月。题目叫《三月十一日》。

文章写了地震发生那一晚自己是怎么度过的，从平淡的描写开始，接着写了数日内发生的事情，悼念丧身于海啸的人们以及祈祷重现。读下来感觉写得精巧。应该是个擅长国语、经常出入办公室、性格开朗的小女孩。我想象了一下她的容貌。打开水龙头流水涓涓，水槽里残余的水慢慢浸湿香烟，我回卧室换衣服。

我慢慢明白了为何铃村要分发这篇文章。Ａ4纸的空白处用黑色签字笔写着："选自日报四月七日晨刊。这是我教过的学生的千金。"一角有小小的署名制作者铃村早苗，下面甚至还盖有她的印章。

那人曾任教师，现在还以此为荣。不管哪一点我都没特别在意。只是因为这一点小事就在邻居间散布，估计寂寞缠身带来的无法自制，甚至孤独得没有能够直接面对面诉说这些的对象。

春分将至，季末最后的供油日要结束了。本来马上也快不需要了，就快要换成空调取暖，加热器正好响了缺油警报。从椅背上取下抓绒披风套在绒衫外，打开笔记本电脑。地震过去整整两天，有时还会有短时停电，所以养成了习惯尽量关闭电器电源。除了电脑，也开始勤劳地关掉电视和音响之类的电源。房间里这儿那儿的落地灯全部收进壁橱。

打开邮箱收件箱，同时接通网络，开始收件。今天又来了一封新邮件。这是谁发来的邮件呢？是大学毕业后再也没有见过的同学发来的慰问信。地震后第十天左右是高峰。收到家人、亲戚联系不奇怪，意外的是收到过去的同事和后辈的来信。我认真地回信，这时候正是重温旧情的机会。告诉他们地震的摇晃很强烈，但是幸好盛冈市没有受到很大的伤害。每天几次余震，有时相当强烈，每次想起来也会写进信里。另外对于盛冈不甚了解的人有时需要进行地理说明，这里并非青森县厅的所在地，虽然属于岩手，但在内陆地区，没有海啸之虞。

地震之后和哉也迅速打来电话。但那个秋夜以来同和哉每月联络数次，所以不同于其他急电，没有感觉多么稀奇。妹妹也几次打来电话。有时她的声音有种疲惫感，问了才知道比起盛冈，东京那边的状况更加不便。感叹便利店、超市里的日用品不足，造成生活上的困扰。我说列个清单，买好给你邮寄去，她听了有点心动但还是婉拒了，所以我说自己如何受了轻伤，不得不稍微夸大一番。

第二天下午休息时间一查邮件，妹妹发来了救援物资清单。厕纸十八卷，还有五盒装的面纸。不管什么牌子，厕纸请一定备好。

连休结束的第一件工作相当劳累。那天从下午开始陪着两名新员工把市区的所有医院逛了个遍。回到公司指导他们文书写法，大致教了他们简单的相关业务。晚上七点多解放，在连廊抽烟后打卡下班，往停车场走去。

最近净是开自己的车上班。有过一次公交车行驶中遭遇大的余震，乘客中有人惊慌失措，最后我迟到了好久。正摆弄着口袋里的钥匙，背后有人叫我。停车场入口附近围栏处有个胖乎乎的身影，原来是兼职的西山。要工作到这么晚，但除此之外没有别的感想。

"辛苦了。"我轻轻点头后打开车门上车，插入钥匙发动。接入国道的人行道上，头灯下蹿出一个人影。吓我一跳，狠狠踩下刹车。担心刚换不久的夏季轮胎磨损，心情反倒不好。

"现在要回去了吧？"西山小跑绕到驾驶座慌慌张张地说。她抄近路跑到出库口的，吐出白色的气息。

"请问，现在有时间吗？"

蓝黑色夜空的低处，月牙如同刚刚剪下的指甲白白净净。前面的车不安地切换车道，我紧跟在后面。中途经过全家、麦当劳等快餐店，终于下了国道，西山的皮卡停在一家原木风格的面包店前。

"请你喝杯普通咖啡。"

这家店铺四周围绕中高层公寓，门口的空间狭窄，步行者也多，我停车花了点时间。其间西山一下上了外面台阶。我正嚼着她推荐的红薯丹麦酥，西山将肉桂蛋糕卷切成两半然后用餐巾纸包起来，手拿起一半刚咬了一口说："我给你讲。"而后叹了口气。

"课长,说不定死掉了。"

我首先把嘴里的丹麦酥全部咽下。这个人所说的课长并不是现实中那个五十多岁担任课长的人,而是日浅典博。

"怎么回事,赶紧把经过告诉我。"白天指导新人残留的余兴使我大声说道。环视店内,正在挑选点心面包的人们纷纷停下手上的动作。我对自己的失礼道了歉。西山摇摇头:"没事没事,谁听到也都会这样的。"她又咬了一口肉桂卷低语道,"突然听到这个消息。"

看着对方喝了一口咖啡,我也忍不住模仿。

"你知道课长正在做互助会的工作吧?"

"我知道。去年正好公司创立纪念日前后吧,他突然露面。"

因此八月是最后一次见面,西山说自己是六月。十月又签了一份合约,追加了丈夫的部分。据她说都是葬礼计划。年末日浅联系,最后也签了长女的成人仪式举办合约。

"正月里课长用手机联系过我。说要来登门道谢，我们吃了拉面，请我再签一份。我有点迷糊，后来明白了。还有小女儿的，虽然才上初一。"

可是为什么会这样？西山仿佛察觉了我的疑惑，举起手遮住我的视线。

"我明白。我好好讲给你听。"说完沉默下来。

"拜托了。"我催促她继续。

她借钱给日浅了。伸出三支鸡爪一样的手指，说有三十万，在拒绝了小女儿加入互助会的第二周。二月日浅离开老家急需用钱，恳求她能够借钱。补充说那天的情形如同今天她等待我一样。

下一年度也会发奖金，秋天一定能还上，西山当然也不会全然相信这番话。但恐怕出于一种父母心，比要求的金额多借了五万。由于那场大地震情况变化了。海啸摧毁了沿岸的住所，自己只能委曲求全。

"各种各样的费用水涨船高。能还一点也好,但打不通课长的电话。当时我也很愤怒,就给公司打了电话。"

"本官的办公室吗?黑石野应该也有附属会馆吧。"

西山点头,她给木宫那边打了电话。"感觉好像十几岁的小姑娘接了电话。直接告诉我日浅失踪了。我还以为他们在掩护他,稍加责问,换了上级领导来接,问我和日浅是什么关系,我说是女朋友。"

明白您担心的心情,不只是您,沿岸还有许多人失踪,所有人都祈求平安无事,西山说。当然这是在学上级的话。保险起见我先跟你说,那个男的接着说,劳动保险的认定非常困难。当天日浅正休息,那天的营销活动属于自发性质,公司也不认可。可前些日子日浅才对同事这样说,明天决不会空手而归,即便没签到合约,也会钓上鱼带回来。

我握着方向盘仿佛自己在骑自行车。平常会保持三辆车的车距，今天缩短距离，旁边慢吞吞的车都超过我。在桥前面拐进连接牧场和果树研究所的小路。搞不清楚自己到底是想早点回家还是不想。

那天早上离开家，上午在釜石市的住宅区来回推销，没能签下抑或签下合约，终于轻松下来。日浅接下来的时间自由了，开车前往海岸。找到地理位置好的一处向海湾突出的岸边，意气风发地扬竿垂钓。很可能是这样的。十四时四十六分。弯腰查看快撑破的冷藏箱，日浅看着海。忽然猛烈的摇晃降临，从脚下传到身上，自己一下面向天空。仿佛轻舔防波堤似的，浑身湿透耳边传来消失的海浪声。这波数十厘米的小浪是接下来的那一波大海啸。靠近船停靠的地方星星点点的出租车不见了踪影。还能看到摩托车急加速往坡上猛冲。海的那一面膨胀起来，防波堤向自己所在的附近袭来，只能看着眼前发生的一切。那不是水泥墙，而是巨大的海水之墙，日浅明白过来后脚下动弹不得，定在了原地。他肯定一眼不眨地睁大眼睛目睹这一切。然后一瞬间下巴先碰到袭来的巨大海之墙，他那总是因睡眠不足而困乏的童颜被海水包围，恐怕他到最后仍旧目不转睛吧。

我在吸顶灯的微弱的光线下醒过来。

昨晚我怎么都无法关灯睡觉。从床上起来，拿起手机。做双膝屈伸运动后抬起双臂，尽情伸懒腰。换下汗津津的贴身衣服。怎么都可以想要对人生抱有积极的想法，脑子里蓦然浮现西山的影子。想起她五十岁或者才四旬实诚的侧脸。仓库工人独有的粗壮的手、肩、腰。特别是当被问到和日浅的关系时回答说是恋人时那种感觉。

三十岁单身男人，与其谎称是他母亲这样倒是更接近些。确实需要一个恋人，而且要尽早。自己也是，日浅也是。

隔开田地和住宅的小河一角，传来割草机尖锐的声响。即便如此我仍然觉得人生本就寂寞，天色未明一个人在阳台上肚子抵着栏杆低语。

到长谷川和网源得不到一丁点信息。两家都是过去下班后邀请日浅去的居酒屋。鹤藏可以说是冬天最常去的一家。但是不管联系哪一家都冷淡地回复不记得我，日浅就更别提了。

并非现在开始，去年冬天开头渐渐养成了习惯，喜欢听起十九世纪某个芬兰作曲家的音乐。CD从架子上抽出来堆在沙发扶手上，或者车子边架或中控台之上，其中肯定有他的作品。有点讽刺的是来到这儿我也渐渐养成北方的嗜好。而且那旋律中包含着通透明快，毫无疑问比现代更可见的对于世界的信赖感。从黑色曲谱上展现的模样同日浅最终面对的冰冷的春天海水重合起来，我怅然自失。

最终是有点自说自话的说法。但电视上连日来陆续公布死者、失踪名单。报纸的栏目上在确认完毕旁画线找寻。说不定他幸免于难,我试着给他的手机打电话。那几天重复这样的日子。

到了六月,我拜访了瀑泽村日浅的老家。扑了个空,放弃了那家空空如也的居酒屋。不只是餐馆,继续探访钓具店、加油站等可能的地方。没有人有发现日浅的消息。我再次不得不感慨我们缺少共同的朋友。我给他的公司只打过一次电话,还没去过。怎么都没那个心情。这和与日浅父亲见面还不一样,那次让我心灰意冷,甚至包含一种敌意。

树林中混杂类似茱萸的小树,斜坡上立着一座房子。避雪的停车位柱子上有擦伤。通往房子的石阶旁停着一辆黄绿色小轿车,旁边还有一辆车的空间。拨通对讲机说明来意,告知我把车停在旁边。

曾经有几次晚上来接送过日浅。但还是第一次通过铺着踏脚石的玄关进入内部。有股杉树脂或别的什么的香味,客厅铺着落叶松树制作的地板。北侧墙壁挂着日历,墙面上残留着擦拭过留下痕迹的发霉斑点。正对面挂着一幅字,"电光影里斩春风",莫名地吸引我的目光。滴落的墨汁仿写品,四角里有图钉留下的痕迹。黑色的皮革上裂口颇多。等咖啡端上来,才注意到桌上的打火机。回想起少年时代同家人一起租住的老房子,还有尚且年轻的父母。

抱歉今天突然来访,我再次报上姓名,解释同日浅的关系。以前是同事,还是一起喝酒一起钓鱼的伙伴。他跳槽后见过几次,也谈及自己还是他新公司的客户。讲述中讲到专门用语一时茫然,一边回想日浅钓鱼的样子,以及他对自然知识的丰富了解长篇大论地说。回过神来不小心讲了我们九月份关系不好的经过,坦言日浅是我在岩手唯一能真心相处的朋友。

"我打听了公司那里,"我小心不带讽刺地询问,

"似乎还没有提交搜索申请。"

"是。"日浅先生回答，眼皮的动作有些特殊，浅色素明亮的黑褐色瞳孔仔细盯着我。

"您知道您的儿子可能在釜石遇险了吧？"这回日浅先生明确点头，"马上到三个月了。"

他低着头啜饮咖啡。长时间任公职给人下命令的这个人深深叹息，带有蔑视他人的感觉使我反感。

"应该要提出申请吧，这是作为家人的责任。"我为了引起他的注意一字一句地说，语调里充满热意继续说。

"对儿子总该有某种反应吧。"

"我明白了。"

冗长的沉默之后，日浅先生低语，如同硬吞讨厌的食物一般。

"那么，我来回应友情。"说完突然站起来。身材高大，比儿子还高一截，走入隔开厨房的木质隔扇。

说友情，的确是这么说的。但我却不明白他所指的是谁和谁之间的友情。好一会从二楼的某处传来拖拽东西的声音，还有小物件散落到地面的声音。过了一会地板吱吱呀呀，日浅先生挽起袖口出现了，不时地咳嗽。腋下夹着薄薄的文件夹，手里捏着玻璃咖啡壶。看起来像老咖啡馆的店主。

"我已经不是他父亲了，"日浅先生说，嘴角夹带一丝讽刺的笑，"我和这个小儿子断绝关系了。"

日浅先生站着加满两个杯子。打开文件夹，眼神在内容之间游离，看完后他一下关闭文件夹发出很大的响声，然后递给我。我伸手越过桌面接过来。

打开左边，有本校法学部政治学科认定课程修了证书。乳白色的厚纸上横写着毕业证书。毕业的大学我从他本人口中得知，但不知道他学什么专业。粗粗的毛笔字写下的名字，以及和本人不相称的学部学科、毛葛纸的手感，现如今给我看这些，这所有的一切都让我感觉不对劲,我沉默着。

"伪造的,"日浅先生吐出一句,"刚过年接到一通不愉快的电话。"

眼睛和手指相互催赶,我把文件夹打开放在桌上。桌上的打火机碍事。

"说掌握了与贵子有关的秘密。"

打开电话桌的抽屉,拿出一张传真用纸,日浅先生把他夹在文件夹的右边半边。纸质完全不同,笔迹上用学号图章按下的数字九模糊不清,和左边的毕业证书完全一样。

"说是儿子过去委托制作的。"日浅先生说,"那个人保存着数据随时可以复印,要多少有多少,给我一张样本。要是公司知道了可麻烦了,对方还很热情地给我出主意呢。"

"和大学那边确认过吗?"

"申请了毕业证明,教务课回复说,过去现在都不存在这个学生。东京的四年他到底干了些什么？"

"那么，对方提了什么要求吗？"

"给指定的账户汇款，但不是作为封口费。我支付的费用不过作为谢礼。"

"谢礼吗？"

"所以我下定决心要和那个家伙断绝关系。"

进退失据，我内心不免痛苦地想道。作为父亲断绝父子关系也是当然。但是这次的情况例外。不应该还保留一些日常情感吗，我不肯罢休。

"总之，还是希望您能提交搜索申请。"

"但是我们已经不是亲人了。"

"户籍怎么样了？"

"户籍上也没有关系了。"

"那么儿子的遗体呢？"我故意说出不吉利的话，"没有办法入土为安。"

听完他抬起头。

"你也知道的,受灾地现在是什么情况。"他平静地说道。

"我不想因为那个家伙去麻烦别人。"接着他继续说,"我的儿子并没有死。"

沉默再次来访。透过窗户边进来的阳光已经从我的脚踝到了膝盖。风吹过庭院树木之间,花边窗帘被吹得大幅摆动。我看桌上的传真用纸快要被吹走,自然反射地用手压住纸的一角,这时对方唐突地说起他四岁时没了妈妈。我和典博,还有当时上中学的大儿子可以说清一色的男性家庭。大儿子也处在多愁善感的岁数,还小的典博可怜了。社团活动结束后接上弟弟一同回来成为每天的惯例。典博似乎向往温馨。从来没有想起过妈妈,哭或者耍小性子让周围的人为难,平安无事度过幼年,全靠大儿子的爱护。哥哥对于幼小的典博相当于母亲的存在。另一方面我变成了完全没办法和他说话的父亲,日浅先生稍稍提高了音调说。

自己不认为对典博冷淡。尽可能陪他吃饭，见到了一定会说话。可就是说什么也没反应。回答问的话、态度上也看不出任何不服从的地方。我们之间好像隔了几扇隔门，怎么说比较好，彻头彻尾地隔绝。日浅先生的话戛然而止，随即站起身，走向窗边关上玻璃窗。附近的防灾无线电从正午开始用大音量播报。妻子刚去世不久的事，播报还没结束，日浅再次打开窗继续说。带着典博到附近公园玩。晚秋时节太阳早早落山，四下渐渐寒冷起来想要回家时，呼喊儿子的名字却没有回应。在公园里散步了一会，应该跑到杜鹃或其他什么花丛里面吧，砖块铺成的散步道远处有一棵大的德国云杉树，在那儿我发现蹲在树根的儿子。他面前有一个巨大的黄色蘑菇形玩具，我现在都不知道那要怎么玩。几乎水平打开的伞上有三名少女，站得直直的。三个人都比儿子岁数大，大概上小学四年级。在伞的中心背靠背手牵手都发呆似的张着嘴。儿子一边一心不乱地数着什么数字，一边眼睛闪闪发光从下面抬头看着她们。我感到毛骨悚然，用力抱起儿子，赶紧离开公园了。想来那是我与他隔阂的开始吧，我觉得儿子有点可怕。这时回过神来，我已经完全坐得放松了，想重新坐好，日浅先生抬手制止我，他自己脱下拖鞋盘腿坐在沙发上。那里面有一种特殊的倾向，他继续说。不，不过是不擅长吧，只和一个人相处。从很早的时候开始了。我本来以为他总是和同一个孩子在一起，某个时候全然不同的孩子出现在玄关，然后一段时间如果不和那个孩子一起就不去上学。我想很快会换成别的孩子，但这次紧跟着那个孩子。哪个都不长久。小学一个年级只有一个班，所以六年都是这一群人相处。毕业仪式后在校门外，他不和其他孩子一样和老师合影说说话，而是和我直接回家，我看着儿子的侧脸好像在说，那些人熟了之后就没兴趣了。

饶舌话多一下转为沉默，几分钟过去了。架子上的木雕座钟秒针一刻不停地强调自身。"电光影里斩春风",端正的楷体书写的七个字一下好像向我投出鄙夷的白眼,我感觉到某种心胸狭窄的世俗气味。

"断绝父子关系的理由啊,"我被莫名的愤怒驱使说起,"不过是学历欺诈,从罪名上说的话。"

"呀,四年里。"

叹息转为咏叹,渐强的语调和儿子很像。

"四年里给他在东京租房,每月提供生活费,每半年付一次八十万学费,这些钱我都转账给那个家伙的账户里了。这也算不得了的贪污挪用罪名吧。"

"但四年都没发现。"

"我相信他,"日浅先生皱起眉头呻吟似的说,他脸上满是不满的神情,"背叛信任的人,这样不诚实的人休闲地垂钓,叫海啸吞噬,这算什么?那家伙同其他的诚实生活的人们一样并列在失踪者名单里,我觉得十分愚蠢。这是对认真的人生的一种亵渎。"

"而且地震后,"日浅先生停顿片刻继续说,"可恶的家伙趁火打劫,搜寻毁坏的房子、店铺。还有人假借亲属确认遗体偷窃身上的黄金首饰。你似乎高估他了,他们属于一种人。"

我注意到地板上掉落了一支钓钩。那么就到这儿吧,日浅先生站起身,我捡起鱼钩手指浸入冰凉。"我得去收集住民费。"那是一支纤细泛蓝的山女鳟鱼钩。"我是班长。"

我跟上他,走到门口。刚来时还惊讶于他的强壮,但现在看起来只是老年男人消瘦的背影。

"搜寻没有意义。请放弃吧。"

日浅先生背对着我快速地说。

"无论如何那个人的名字会因为某个事件出现在报纸上。我一直这么认为。"

他穿上鞋,转过头看我。老人从灯芯绒裤子的后兜里掏出一张发黄的纸片。

"这是大学入学通知书。"脸上有点腼腆的笑容别无他意。我点头致意大致看了一遍还给他,日浅先生说:"这是真的。经过高中核实了。"

等待下午的阳光减弱出发前往生出川。今年头一次钓鱼。去年夏天看到的那棵白栎倒木已经失去了光彩。路上的花草弄得干干净净,星星点点堆在路旁。踩下去飞出好多幼虫。

"儿子没有死。"

东逃西窜的一群蝗虫里爬出一条小条纹蛇。地震发生后没过多久的事,有人试图用铁棒破坏釜石市一个银行的 ATM 被捕,早报上刊登了那个人的名字。用钓竿捅一捅蛇,它一点也不动。我指望日浅是那个人的同伙。

第一钓就有了反应。咬钩不明,不往上游跑而往下沉。苦笑又碰到大鲇鱼,但钓上来的是虹鳟。鳃盖到鱼尾遍布深樱红色。本州以南很少见在自然河流的繁殖，是什么人放生的吧，或许是从上流养鱼场跑出来零星的一条。

无论如何，回去在网上一查便知。把虹鳟放进鱼笼，擦手在岸边站立不动。一下倦怠感袭来。我改了主意打算自己去确认，收起鱼竿，无数的蜉蝣在水面上下，我开始沿生出川朝上流步行。

青眼唐

うつむくさゝめ

有种说法叫结婚潮。自己周围的朋友、熟人接二连三地结婚,回复收到的婚礼请柬,穿上礼服,一时间也给我单调的周身带来活力。

若是提前见识过新郎新娘的恋爱状态,自然不会多么惊讶。但如果毫无征兆地收到确定终身大事的通知,一夜间又诞生一个全新的家庭,还是会给人冲击。黑白棋中有如此棋局,白子一直处于劣势,仅仅通过一手将棋盘上的黑子一个不剩地驱逐。两种情况有着相似的气魄。

我小时候养过从附近田埂的沟里捞上来的银鲫。过了几天又从同一处水沟抓住一条泥鳅。我把它们养在同一个水槽里，一段时间后孵出幼鱼。虽然银鲫似乎多数为雌性，但不管其他什么种类的雄鱼，只要卵子接触到雄鱼排出的精子就会发育成受精卵，出生的幼鱼完全排除父系特征。

当然我知道这些是后来的事，当时的我想象着小小的水缸里尽是头为鲫、身子滑溜溜、细细长长的异种生物。想到它们挤在一起来回游的情状，我感到恶心。脸凑近水缸，目睹泥沙水中身为父亲的泥鳅，不时地露出长须，更加重了我的反感，没一会我就把水缸里的所有东西都倒进田埂里去了。

或许因为儿时描绘出异样的印象格外强烈，打那以来我便对世上所有的爱情报以异常审慎的态度。保持暧昧不清的态度和怀疑的念头造成的结果就是自己成了所谓晚熟的人。

我认为男女间有某种并不契合的感觉，哪怕看到街上的男女亲密地手拉手，或是青春期碰到朋友带着女友出来玩,也是这种感觉。男女像完全不同的物种,眼下能够和和气气地在同一个时间与空间相处是出于别的原因,既不是因为性冲动也不是因为基因延续的本能。不就是出于害怕孤独而苟且结合么,自己心里生出此般轻蔑的想法。

我自己对人类这种异常害怕孤立的情感倍感奇异。一直以来,我见到世间多数伴侣都会联想到鲫鱼与泥鳅的面貌。不免有点逞能地想,鲫鱼就是鲫鱼,泥鳅就是泥鳅,索性自己孤独到底。

我自己去年面对的是真正意义上的结婚潮。自三月下旬的一对开始,五月、六月各一对,熟人相继结婚。九月不曾想连和自己相差六岁的姐姐也再婚了。双方都是再婚,仪式虽然很小型,但总算操办下来。

到这还不算完。那年十一月里参加了两场婚礼。记得是十二月三日在熊本天草吧,最终给那一年结婚潮画上句号。我参加了继承洗衣店的老朋友的婚礼。

仪式前一天,在朋友给安排的旅店附近散步。冬季暮晚,我惊讶地发觉一点也不冷,尽管我身着和服单衣和拖鞋。各家门前的灯光把反季开放的大朵朱槿花照得鲜艳,河流对岸教堂的棱角在夜空中涂上黑漆漆的影子,这些给我留下深刻印象。

虽然就要五十岁,工作却东换西换不安定。相对来说工作的地方多是年轻人,因此到了这般岁数还在经历结婚潮。一般而言比较多的人应该在二十多岁至多三十岁初就不再经历。

准员工、临时工、钟点工,无论哪种称呼,曾经和我同处于非正规工行列的同辈受到邀请在婚礼上重逢,所有人都光荣转正了。其中也不乏二十五六岁就已经身居要职的人。这是直面人生,努力工作,隐忍至今的成果。和我这种仍沉沦寄身于父母家的人相比有天壤之别。这样过得吊儿郎当的家伙在这么喜庆的日子里现身，对于新郎新娘没有半点好处，反而可能给他们的未来蒙上一层阴影。我觉得自己是不吉利的小辈。

我不用手机，也远离社交软件，所以当我收到婚礼邀请时，完全不了解对方的近况，这就更加深了突然的感觉。

面对突如其来诞生的新婚夫妇，我一时间茫然不自知。然后拿起圆珠笔，在随信寄来的回信用明信片上圈起"出席"二字之后投入最近的信筒。

大体上我讨厌仪式之类的东西，但唯独婚礼我不会觉得很麻烦而能够出席。

因为住在家里总和老父对饮，休息日陪老母逛回收品商店和跳蚤市场度日。身处缺乏色彩的生活中，大白天包下繁华街区里的宾馆、酒店大摆宴席，就显得格外有魅力。仪式当天，盛装出席的受邀宾客现身，会场整体的空气渐渐发热，也一并让人讨厌。女孩们聚在一起，大概是新娘那边的吧。单看看她们仔细摆弄着头发，我的心里也热闹起来。

我一般是以新郎或新娘原来工作单位的老同事这种似有似无的身份受邀参加，所以我通常一个人坐在大堂窗旁角落的沙发上。在旁人的眼里看上去是个十分阴郁的人，的确如此。在内心里尽情品尝如此非日常的氛围。

我发现一个和我差不多年纪的宾客，似乎完全抬不起头，好像忘不掉日常受到的屈辱。看到这一幕，我放下心来。致辞的大叔穿着看起来就不正经的淡紫和服配条纹裤裙，听到他高声大吼不够格的致辞，自己也很想走上前跟随他三唱万岁。

我有位朋友叫五十栖。这家伙和我一样老大不小还单着。而且情况和我很像，现在还和高龄的父母一起生活。

大学毕业后起先我们在单位认识,当时我们还都是刚毕业的学生,而且那时新进员工还极少。我们合谋一同辞职,之后常一起喝酒,大发工作上的牢骚。

进公司第三年的夏天,我先辞职,五十栖随后通过亲戚的帮助找了工作,去了沼津还是烧津来着。我们的交情本该到此为止,但并没有,现在仍在交往。每年三次或五次左右,他因为到我所在的城市附近出差,约我一起喝酒。

关于五十栖的怪谈在我们熟人内部早就出名。(内部指的也就是我们共同认识的人,包括常光顾的饮食店、酒馆的工作人员和一些常客,极其小范围。)那事发生于平成十七年的七月上旬。

那时五十栖正处于失业当中,除了不定期到职业介绍所报道外,家门也不出。他闷在家里,有一天突然兴起买了一套野营装备，出发到当时叫北巨摩的地方，现在改名叫北杜市。此地处于山梨县的群山之中，是大甲虫的著名产地。他打算捕捉这种被称为黑色钻石的昆虫卖钱，将自己过剩的时间与精力全部投入其中。

五十栖少年时期有段时间沉迷于采集昆虫，当时也算为了驱散待业的阴霾，也因为还处在壮年，对自己的体力和精力还有着莫名的自信。可是闻名遐迩的八岳、甲斐驹岳高山上的森林比五十栖想象的还要苍凉。他完全不知道从何入手。总之对于新手来说极其困难，本来下决心在山上搭帐篷住两周，但到了第三天就变卦下山。回到开始找到的民宿住下，无论如何都想泡泡热水澡。

曾做过职员的老板娘一个人操持这坐落于山麓毫无雅趣的业余民宿，他不顾一切冲向眼前的浴室洗下整整两天的灰垢，然后被引到十二叠大的客厅用餐。

晚餐如同从街边的小餐馆端上来似的。

吃了大半，就着饭食一角剩下的烹煮海鲜碎片下酒。这时听到屏风里面传来小心翼翼的声响，应该是筷子碰到碗盘发出的。这才发觉在他之前有位客人。

"晚上好。"

五十栖拿起酒盅和长柄酒壶走向屏风另一侧去打招呼。

"呀，真是意外。我还以为就我一个人呢。"

我所知道的五十栖不像这样会积极地同陌生人接触。可我明白我也经历过，没有事业每天无所事事的话，心里会产生一种真空，如同缺失健全判断力的缝隙。从那个缝隙里突然一下轻松地填充进眷恋的心情。已然无法抵抗，一下卸下平日里对他人顽固不退让的防卫。不，是直接摧毁了防卫。无论谁都可以，想同除自己之外的人熟络起来。

屏风背后两名男女对坐用餐,抬头呆望这突如其来的闯入者。即便如此五十栖仍然硬是让对方拿起酒盅,男的一口干杯返还酒盅,由本来盘腿而坐直起腰,如同下跪谢罪一般鞠躬致意。

五十栖一起敬的女性,她也一下干杯,但这时偷瞄女的脸,他大吃一惊——她是个孩子。

贸然行事的五十栖不知道这是不是她父亲,但至少也应该是监护人。面对这个四十左右的男性他为自己的轻率大加道歉,自己竟然强逼孩子喝酒。但他感到了第二重惊讶。

"不,她是我妻子。"

男的急忙摇头,快速地加上一句。

"最近刚认识的,现在嘛,正在新婚旅行当中。"

到这儿五十栖平和的真空破灭了。不合身份的眷恋感消散了。真空破灭,常识抑或理性使他对这对不自然的夫妇产生警惕之心。这才是五十栖的思路,脑海中冒出"拐卖儿童"这个词汇。

草草跟两人告辞，自己躲进房间。房门上锁，翻开乡下被子，还是心烦意乱。思忖那个家伙是不是拐卖未成年而心神不宁。那个男的言谈举止间有股厚颜无耻的味道，五十栖确凿地从那种自暴自弃的空气中闻到犯罪者特有的气息。

可最终五十栖成功说服自己相信他们是一对夫妻，那晚才能睡得着。没有向警察举报。过深地介入其中反倒有可能自己受到莫须有的怀疑。不仅如此，无业的人始终处于一种假释的心境之中，所以也不能责怪五十栖选择假装不知而高枕安眠。

可是这件事虽然称不上奇谭怪事，但并没有就此结束。

大约一周后五十栖出门理发，顺便在街上闲逛。下午很晚回到家一看，刑警正在客厅等他。他们是来仔细询问之前说的那个民宿里，同他推杯换盏的那一对男女的情况。

那之后不久，两个人死掉了。就在前两天发现了尸体，死亡现场在长野县山里某个化妆品公司员工专用停车场里，两人死于汽车尾气自杀。

询问结束，轮到五十栖和他兴奋的母亲对着刑警问东问西。死掉的男人三十七岁、单身，在千叶一家保安公司上班。几年前开始在网上浏览自杀网站，挑选喜欢的人一起计划自杀旅行。其间故意失败，来给对方生存下去的勇气——出于那个人扭曲的英雄情结。

关于同行少女的身份，刑警嘟囔着说她十四岁、埼玉公立中学生之后不作声了。

"自杀失败，失败了呀。"

五十栖这样自言自语。

"走火入魔了吧。"刑警认真地说，"常有这样的例子，当事人打算保证距离玩玩，不经意间扣动扳机引火烧身。可以说这个人摆弄人的生死，反而招致了死亡吧。无论如何，听上去像是遭了天谴。"

"但在此之前这个人成功完成了几件慈善事业吧。"

"我听说有二十多起。"

"为什么单单这次失败了呢？"

"车里没有找到遗书之类的东西。"

刑警拿起茶杯啜饮一口，低声继续说。

"中控台上发现了结婚登记书。是正式的材料，必须填写的地方双方都填好了。就差盖印章提交到公所了。"

"你是说这是恋爱事件吗？"

"不清楚。但那个孩子眉清目秀的。"

"意思是，殉情？"

"我觉得谈不上。"

"如同刚才警官所说的，不经意扣动了扳机。"

母亲终于了解，儿子只不过是这起事件里一个证人而已，她放下心来却变得异常话多。这一番问话终于结束了。据说之后刑警便没再露面。可是五十栖却哭着说自己虽然不清楚情况但做了一回不吉利的见证人，到现在心里还没有释然。

这是故事如同相声的结尾，给现实里发生的悲剧画上了句号。虽然这是毫不负责的说法，但当我在小酒馆听完五十栖讲完这个物语时，我甚至开玩笑地起了个题目叫"有价值的中介"。

这个故事我已经不知道听了多少遍了，所以背下了每个有价值的要点。每次听好像主要是刑警的台词经过修改润色。

这样恬不知耻地在旁边窥视别人的恋情、生死而引为谈资，你可能会斥责我真是个身心不健康的家伙。但如前所述，我已近半百仍然孑然一身，寄身于父母家里每天打点零工度日。当然了，未来是暗淡无光的。在旁人看来早晚会自缢身亡，其实不存在这样的不安。我并不是心情毫无波澜地听完五十栖讲的那个故事。

人生六十年也好八十年也好，虽然各式各样，但哪怕不活那么长时间，我也明白人生是多么的嘈杂、不讲道理。况且对于早早领会的人，正当的原理和应当尊奉最低限度的规则其至都不存在，在这场胡乱的比赛中毫无胜算，也就不难理解有人早早地选择退出。

那里的土地并不贫弱，又不肥沃。从山丘上眺望湖泊，一面如浓雾笼罩似的。岸边单单立着一所白色的房子，但屋顶、房门全都荒废了，从外面看只是空屋。

可是有孩子在房间里哭泣。那不是一个人，而是很多孩子的声音叠加在一起，听上去如同读经一般浑厚。孩子抽抽搭搭的哭声，这么说虽然有点奇怪，那声音的背后一点一点透出山影（时不时呈现出巨大的鸟影），如同水墨流转涂成一面纯黑。

于是下一瞬间，有人站在无人的废屋窗边。黑色窗框中只能看到那个人胸部以上的部分，如同遗像一样，脸色也一样暗淡与不满，正在为什么事大叫抗议，让人毛骨悚然。

这是我常年来噩梦的惯例，我生来因为扁桃体容易发炎，突然一下大叫出声，再加上那天晚上发高烧卧床。这样的话有相当高的概率会遭遇前面所说的噩梦。深夜，浑身发汗醒来之前，那个在废屋窗边面对我的人不只是死去的朋友，也包括出现在报纸、电视上看到过的死于悲惨的杀人事件的被害者以及死于意外的人们的模样。

偶尔会有记忆中没有的人出现在窗边，眼睛一眨不眨地盯着我，如同看待背叛者一样，责怪我忘记了他们的死去。这让我扁桃体肿大，喉咙更加恶化了。

出声大叫充斥了我的生活。

明明毫无节操地出席结婚仪式,可对待葬礼我却不怎么来劲,自然而然地远离。迈开沉重的脚步,好容易到达丧礼会场,但毫无例外酝酿出一番丧失感。抬头望见灵牌,胸中发闷感慨目睹世间的不公平,那种地方待不下去。烧完香草草离开会场。

但是,成为之前所说的白房子的常客后,参加堀内的守夜却例外地待了许久。晚上过了八点收到家属联系,我上了高速从最近的闸口赶过去。

堀内祐二是我大学时期的玩伴,六年前的冬天到爱知出公差,从行驶中的特快列车的安全门跌落身亡。据说全身创伤,并非当场身亡,送到医院大约五小时后不治身亡。因为一系列情况,他家举办了不公开的私葬。

堀内生前有一段极短的失业时期曾寄宿在我家。

虽说失业可那时他还年轻不到三十岁，像他本人所说那段时间是为将来充电。

我当时仍然是非正式员工，但刚刚进入一个新的行业，没有安慰堀内的从容。因此那段时间我父母对他的情况比起我更加了解，但据母亲说堀内每天什么都不做。我离开家几小时后他起床，吃完早晚饭就回房间待着。

本人自嘲似的辩解自己是懒人。但是从我的判断来讲，如同静养中的草坪禁止入内，有一种紧迫的氛围。晚上我下班回来进入堀内的房间看他，但他对着桌子一直沉默不语，背对着我拒绝了对话。

他像说口头禅似的嘟囔，无论什么职业都无所谓，但要成为出类拔萃的人。堀内酷爱过去的庶民文化，渴望富有人情味的暧昧情绪，甚至时不时地提高声调。

"互帮互助的人情味现在什么都不剩了。厌烦人的情绪四处蔓延。再有三十年，我们会被自己或别的什么人杀掉。"

十几年过后，本来对服装毫不介意的堀内身穿毫无疑问是定制的礼服离开了这个世界。无法判断这出于他的本意还是心有不甘的自杀。但他的死亡比预测自己享年五十八岁早了超过十五年。

他的父母将死去的儿子爱惜的东西作为纪念物分发给他的朋友们。那时碰巧认识了佐尾。

佐尾比堀内大一届，高中时期参加了一年半电影同好会。佐尾分配到了数张堀内收藏的爵士乐CD。我收到某个南美作家的全集残本加上数张古典音乐CD。佐尾希望同我交换我收到的其中一张CD。

交换纪念物。我对这与一般伦理相抵的要求感到十分麻烦。而且他的语气没有紧迫的感觉，只是以平常的口气随便一说。我郑重地拒绝了。但是我感觉对方仍不死心。

电话总是周二晚上过了七点打来,正好我在和父母吃晚饭。对方似乎知道周二是我的休息日。

催促的电话持续了两个月,太过于烦人,我最后见了他。想了想这种暴露微不足道的物欲的人最近也很少见了。我又在网上查到佐尾执着地想要得到的CD并非特别稀少,而是极其普通的东西。

我在约好的日子到N车站里的咖啡店碰头,初次见面的佐尾看起来并不像和我同岁,生得一副仿佛少女的童颜。

我想象他少年时期长得十分可爱,大眼睛,鼻子高且直,是个美男子。颈部白皙,周身没有赘肉。可是只有一点,他身材出奇地矮小。我寻思他连一米五五都不到,矮小得不同寻常。

"啊,对,就是这张。呀,好怀念。真的像奇迹一样。"

CD是高中时期他借给堀内就没还回来,外面的壳子完全变黄，有了裂缝。里面装唱片的纸袋古旧，下半部分吸水后显得皱皱巴巴。最重要的唱片本身也有了瑕疵无法播放。但即便如此佐尾仍然非常满足，告别时在车站的中央大厅的柱子后要和我握手。说这张CD是他第一次花自己的钱购买的。

"今后还能不能出来坐坐？"

自那以来三年不到的时间里，我和佐尾经常一起喝酒。

他总是周二傍晚时分叫我，我没什么特别要做的，因而没有理由拒绝。于是出门前往约好的车站。之后我的工作转换，休息日变成周三，电话也只在周三打来。

佐尾每次都请客，说因为是他发出邀请。但爱好、社会地位、人品完全不同的我们在每个店里待两个小时都算多的，话题基本上围绕追忆死去的堀内，不然就是缓慢地互相说着工作和爱好。听者只能点头称是，完全没有兴致。

佐尾是横滨经营了三代的干货批发商的三儿子，帮两个哥哥打理生意，名声不错。说来奇怪，每次都在我不知情的情况下结完账。因此我有机会便在中元节或岁末给他寄送冷冻肉和水果。他会立刻联系我，而后一同喝毫无兴致的酒，但还是他请客。

这不清不楚的交往按每两个月一次的频率进行，也有接连邀请的情况，总之保持了三年。

最后一次见佐尾是在两年前的十月中旬，我们一同去群马一个景点游玩。那一时期我们同时开始对温泉感兴趣，虽然观赏红叶时间尚早，但我们一同前往，在旅馆住了一晚。

那天下午早些时候，佐尾开车到我家接我。我打开副驾驶车门，注意到后排座椅坐着一位拘束的女人。据说是佐尾的妻子。感觉年龄比我们大了一轮。本来对朋友的背景毫不介意的我，如今才想起来佐尾已经结婚了。

佐尾驾驶不生疏，但他是速度狂人，路上我冒了一身冷汗。

下午三点前到达了住处，办理入住寄存了行李。还不能进入房间，我们为了打发时间围着湖畔散步。但走着走着佐尾突然一下停住脚步，和和夫人并排走的我拉开距离。他再次开始走，不一会脚步一致，但佐尾一个人落在后面。

他似乎在用手机确认着什么，过于频繁了，我问他是否有要紧事。

"不好意思，我得露个面。很快就回来。你们先去泡温泉吧。"

留下夫人和我，好歹今天是第一次见面。而且对方好像认生似的不跟我讲话。

我们俩没有目的地在旅馆周围逛荡，登上湖畔的展望台，消磨了不到一小时，终于到了能够入住的时间。各自回到各自的房间，分别等待佐尾返回。

大概过去了两小时。

"不好意思，打扰了。"

我平躺在摊开的床垫上，迷迷糊糊听到断断续续的敲门声跳起床来。打开门门帘外是穿着浴衣的夫人。

"刚才家里那位打来电话。好像工作要稍稍延长。"

妆容和头发都没有被破坏，一看就明白她是刚刚泡完澡。

"那么我去跟旅馆的人说明情况，结账走吧。这次就算了，改日再来。"

"啊，不。丈夫说晚上回来。机会难得您也去泡泡澡吧。"

夫人肯定记不清我的名字吧。说话的方式想来有些奇怪，像是下定了某种决心一样。而我寻思应该只是日常生活中的偶然吧，虽然有点起了戒心，但还是按照夫人说的前往地下的大浴场。

大浴场里天之汤和古森汤的入口相对，一边是女汤，另一边是混浴。当然说是混浴，其实指的是男汤，我推开蓝底白色的天之汤门帘，进入更衣室。

前面有一个客人赤身裸体地躺在一角扁平的大石头上。到日落还有一段时间，天气晴明，深山里的冷气令人舒畅，我放松地享受久违的露天温泉。

一时间通往更衣室的门打开，有位女性进来。

混浴的女性大多数是老太婆或者大婶，但这人都不是，而是相当年轻的人，我用余光观察到。

简单地挂汤后那个人径直进了这边的水中。

紧挨着我，心里怦怦直跳，但更接近于心虚。因为距离太近，我刚要避开而往里面的大石头移动的时候，"这边的水好像更好。因为是露天吧。"

我不由得看向女人。

那个人当然是佐尾的夫人。

单单脖子以上露出混白的水面。小心不弄湿脸庞而一动不动的样子，加上头上卷得紧紧的毛巾，给人一种顽皮而且柔美的感觉，再一笑更加有种小女孩的感觉。

"这是常说的赤诚相见吧。"

为了缓解紧张，我提高声音装作磊落的样子。

"的确是。没有今天初次见面的感觉。多余墙壁全都清除了似的。"

"可今天都泡过两回了吧。"

"不要紧，没有泡很久。"

"请你看看吧。"

说着女人在水中背对我然后轻巧地站起身。

绵密的水汽之中，浅桃色的裸体遮住了我的视线。背景是秋天的夕阳，稍稍有点逆光，我看到裸体从腿部到臀部到背部，有一面有痣或是伤痕。肩胛骨之间还有老伤,仿佛叫剑或者什么尖锐的刀具刺过。

"……"

我沉默着,夫人轻轻转过身不带起一点波澜。

和凄惨的背部同样正面也有明显的外伤,特别是乳房和下腹部。其中还有新的尚浅的红印子和压迫后的、烧伤的痕迹。

夫人再次回到水中。

"想分开来着。"

我泡在水中低头不语。然后我们什么都没再说。但不管什么事情都会结束。沉默也有界限。夫人首先开口。

"幸好也没有孩子呢。"

"但佐尾究竟想干什么?"

面对冒失的我问出这意思不明的问题,当然不可能会有明确的回答,夫人只是独语一般低声说自己晕堂,快速站起包上浴巾,没有点头示意便走向更衣室。

第二天早晨我与夫人面对面吃了早餐。最后佐尾没有露面,说事情没有办完。我到前台叫了一辆出租车,往最近的铁路车站开去。从那儿换乘几部电车终于到了双方住所分歧点的枢纽站,我们在那里道别。

我一个人后,脑子里出现一幅房中图景,那个矮小的佐尾和丰满高大的夫人之间恰似肉食动物和草食动物一般互相争斗互相撕咬。这一幕如同噩梦般浮现。结果诞下了婴儿,右眼长在脸的中央,左眼长在耳根附近,不成对的眼睛浮现眼前。心中一阵恶心。

那之后夫人和佐尾离婚了没有,我不知道。在此之前每年收到的生日贺卡、圣诞卡片打那一年起全都消失不见了。

"浓""淡"之间的人生图景

石一枫

日本小说的"味道",以我有限的阅读经验看,大概可以分为两路。一路很"淡",从情节到行文风格都是如此,又能从不经意间写出某种况味。远的像川端康成的一些作品,近的比如青山七惠的《窗灯》和又吉直树的《火花》都是如此。常人常情,小处入手,生活流里自有悲悯之心。另一路则要浓烈得多,甚至不惜以某种极端,甚至暴戾的方式挑战人们对世界的认识。后一种小说给人印象最深的当然是三岛由纪夫,此外还有吉田修一那部改编成出色的电影,因而在中国读者中享有盛誉的《怒》。

而读到沼田真佑的这本《影里》,感觉相当特殊。给我的印象,他在某些方面处理得很淡,又在某些地方着墨极浓,似乎同时具有上述两种审美特质。阅读感受也是由"淡"入"浓",最后突然发现换了人间。这样的感觉是非常奇妙的。

《影里》的开头部分相当清澈,或云相当温暖:一个从大城市调到北方小地方的"失意人",在公司没什么朋友,但和名叫"日浅"的另一个"失意人"走得很近,原因是俩人都喜欢钓鱼。"一蓑烟雨任平生","一壶浊酒喜相逢"。作者又有滋有味地描写了关于钓鱼种种门道和趣事,这样的意象不免会令读者生出某种轻松的怅然。这时也令人做好准备,去享受一篇具有诗意的散文化的小说。然而作者的笔锋旋即一转,从"日浅"辞职开始,故事不仅变得充满悬念，而且开始高密度地触及种种日本社会中独有的人生困境与社会问题，既有普通人的上升乏力，也有老龄化衍生的特殊产业，此外当然包括主流习俗对于"边缘人"的心理压迫。"我"和"日浅"一个作为观察者，另一个作为某种秘密的承载者，虽然仍持续着去野外钓鱼的爱好，但此时的野钓与其说是一种主动的生活方式，倒不如说是如影随形、难以言明的重压之下的逃避之举。虽然"日浅"在地震灾害中失踪并被猜测已经死亡，但两人之间的张力并未结束，小说的高潮发生在"日浅"老家：当"日浅"的父亲决然表明已和儿子断绝了关系，故事才算走到了令人唏嘘的尽头。而在这里读者才恍然发现，作者给出了一个田园诗般的开头，但却以对残酷人生的思考作为结束。由"淡"入"浓"，这种反差或许也是沼田真佑主动追求的效果。除了情节上的悬念，他同样给读者提供了美学上的悬念。

而作为在另一个国家写小说的人，我除了羡慕这位国外同行在叙述手法上取得的成就，或许更应该考虑的问题则是，无论极致的"淡"还是极致的"浓"，抑或像沼田真佑这种在"浓"与"淡"之间出其不意的切换，这究竟单纯是在写作层面的追求，还是由写作之外的时代气氛、文化传统，以及对日常生活的具体感知所决定的？换句话说，如果一个中国人用同样"浓"与"淡"的对比去思考如何描绘中国人的生活，应该借鉴的又是什么？仅仅是腔调、技法这些来自异国的纸面经验，还是对人类生存状态有着独到思考这一能力本身？我想答案当然是后者。既然如此，"浓"是怎样一个浓法，"淡"又是怎样一个淡法，我想中国的小说家也许能够给出截然不同的答案。

小说没有正确答案，但一定要有的话，答案也许就是截然不同。

最后，还是感谢沼田真佑让我读到了一本出色的小说，体验到了文学超越国界的魅力，这是一种令人感慨良多的欣慰。